Puppy in my Pocket

La chasse au trésor

Gabrielle Reyes
Illustrations : The Artifact Group
Texte français de Marie-Andrée Clermont

Éditions
SCHOLASTIC

Catalogage avant publication de Bibliothèque et Archives Canada

Reyes, Gabrielle

[Scavenger hunt. Français]

La chasse au trésor / Gabrielle Reyes ; illustrations de Artifact Group ;
texte français de Marie-Andrée Clermont.

(Puppy in my pocket)
Traduction de : Scavenger hunt.
ISBN 978-1-4431-3860-4 (couverture souple)

I. Artifact Group, illustrateur II. Clermont, Marie-Andrée, traducteur
III. Titre. IV. Titre : Scavenger hunt. Français.

PZ23.R493Cha 2014   j813'.6   C2014-902365-0

Édition publiée par les Éditions Scholastic, 604, rue King Ouest, Toronto (Ontario) M5V 1E1.

5 4 3 2 1   Imprimé au Canada 119 14 15 16 17 18

— Approchez-vous, les chiots! On est sur le point de commencer! jappe Kirby.

Les triplés, Kirby, Dozer et Bernie, ont planifié une journée d'activités amusantes pour leurs copains.

— L'automne est notre saison préférée, explique Dozer, alors en guise de célébration, on a organisé une chasse au trésor!

— On a caché des indices un peu partout dans Puppyville et vous devrez les trouver, ajoute Bernie avec enthousiasme. Chaque indice sera sous forme d'énigme. La réponse vous aidera à découvrir l'indice suivant.

— Ce sera une vraie partie de plaisir! ajoute Kirby. Et à la fin de la chasse au trésor, on vous a préparé une belle surprise!

— Oh! J'adore les chasses au trésor! chuchote Gigi à l'oreille de Peanut. Vraiment, j'adore ça!

— Moi aussi, répond Peanut. En plus, je vais pouvoir me servir de mon nouvel appareil photo!

— Et maintenant, annonce Kirby, voici le premier indice :

« Quand l'automne est arrivé,
c'est ici qu'on vient chercher
un chandail chaud et douillet
pour affronter le temps frais. »

— Hum, dit Spike. Où peut-on trouver un chandail d'automne? Hé! J'ai une idée. Suivez-moi, les amis!

— Mais bien sûr! La garde-robe! s'exclame Montana.
À l'intérieur, des chandails molletonnés sont rangés
sur des cintres, des foulards aux couleurs vives pendent
aux crochets et des chapeaux trônent sur l'étagère.

— Moi, ça me plaît quand il se met à faire frisquet. Je peux alors porter mes accessoires d'automne, avoue Ivy en enroulant un foulard rayé autour de son cou.

— Cet automne, je porterai cette casquette, déclare Fuji en s'admirant dans la glace.

— Regarde par ici, Fuji! dit Peanut avant de la photographier.

— *Oh!* Qu'il est doux et chaud, ce chandail! glapit Montana.

Elle se tourne vers Peanut pour qu'il prenne un cliché.
Elle pose en glissant une patte dans sa poche.

— Hé! Mais qu'est-ce que c'est? demande-t-elle,
surprise, en retirant un bout de papier plié de la poche.
Les amis, j'ai le deuxième indice!

Les chiots se rassemblent autour de Montana qui lit à
voix haute :

« *Pour trouver le nouvel indice, il vous faudra bien regarder
en dessous des jolis monceaux, au pied des arbres orangés.* »

— Mais il n'y a pas d'orangers à Puppyville, fait remarquer
Ivy, qui réfléchit très fort. Il n'y a que des pommiers.

Tout en essayant de déchiffrer l'indice, Peanut remarque le drôle de chapeau que porte Spike et il le prend en photo.

— Les chiots, j'ai compris! dit Gigi en tapant des pattes. Suivez-moi! aboie-t-elle.

Et elle se précipite dehors.

Spike et Peanut s'élancent avec leurs amis et se retrouvent dans la cour arrière où Gigi les attend fièrement. Depuis quelques semaines, les feuilles ont changé de couleur et se sont mises à tomber des arbres.

— Il n'y a pas d'orangers, mais il y a des arbres aux *feuilles* orangées! s'exclame Gigi. L'indice dit de regarder sous les jolis monceaux au pied des arbres orangés. Fouillons dans les tas de feuilles! Je parie que le prochain indice est là-dessous.

Ivy bondit dans le tas le plus proche et les feuilles tourbillonnent autour d'elle. Il y en a une qui atterrit sur le museau de Gigi.

— Hé, Ivy! Regarde-moi maintenant, dit Gigi en riant.

— Ha, ha! Ne bouge pas! s'écrie Peanut en ajustant son appareil pour faire un gros plan.

Puis il remarque Montana et Fuji qui jouent à qui sautera le plus haut. *Clic!* Il prend une photo, puis une autre. Tout à coup, Ivy s'écrie :

— Le voici!

Ivy s'ébroue pour faire tomber les feuilles qui s'accrochent
à ses poils et lit l'indice :

« C'est le meilleur lieu en ville pour s'amuser
grâce aux balançoires, aux glissades et aux tourniquets! »

— Réfléchissons... dit Ivy. Où peut-on se balancer, glisser
et tourner?

— Oh, mais je sais! glapit Fuji. Je parie qu'il s'agit
du terrain de jeux de Puppyville!

*Je n'ai pas encore découvert un seul indice, pense
Peanut. J'espère bien trouver le prochain.*

Lorsque la bande de chiots arrive au terrain de jeux, Peanut et ses copains aperçoivent les triplés.

— Par ici, les chiots! crie Bernie.

Le groupe se dirige vers un espace dégagé où Bernie, Dozer et Kirby ont installé des paniers. À quelques mètres de distance, ils aperçoivent des petits sachets qui ressemblent à des pommes.

— J'adore aller aux pommes à l'automne. Alors pourquoi ne pas jouer au lancer de pommes, dit Bernie. Le premier chiot qui lance cinq pommes dans son panier obtient le dernier indice de la chasse au trésor.

Chaque chiot court se placer devant un panier.

— Lance-moi une pomme, Peanut! crie Spike.

Peanut envoie un sachet rouge à son ami.

Spike le reçoit sur le museau, le fait voler haut dans les airs puis, dans une ruade spectaculaire, il le fait rebondir jusque dans le panier.

— C'était impressionnant, Spike! s'écrie Peanut.

Et j'ai pris un super cliché de cet exploit.

— Bien joué, Spike, lance Gigi. Maintenant, Peanut, regarde-moi bien!

Gigi se dresse sur la pointe de ses pattes arrière et maintient le sachet en équilibre sur son museau.

— Génial! Garde la pose! ordonne Peanut. *Clic!*

Ils entendent les triplés qui applaudissent joyeusement.

— Félicitations, Ivy! dit Bernie. Tu as lancé toutes tes pommes dans le panier. À toi le dernier indice!

— Oh non! se désole Peanut.

Il a été tellement occupé à prendre des photos de ses amis qu'il n'a même pas lancé un seul sachet dans son panier.

Penaud, il s'assoit et écoute Ivy lire le dernier indice :

« En ce beau jour d'automne où l'air est si plaisant, filez tous au manoir, un régal vous y attend! »

De retour au manoir de Puppyville, Ivy, Montana, Fuji, Spike, Gigi et Peanut se rassemblent au salon pendant que les triplés préparent la surprise dans la cuisine.

Devant l'ordinateur, Peanut
télécharge les photos qu'il a prises.
Il a l'air triste et Fuji le remarque.

— Qu'est-ce qui ne va pas? lui demande-t-elle.

— Je n'ai pas trouvé un seul indice, aujourd'hui, répond Peanut dans un soupir. J'étais trop occupé à prendre des photos.

Fuji regarde l'écran sur lequel apparaissent les fabuleuses photos.

— Ne sois pas triste, Peanut, s'écrie Fuji, dont le visage s'éclaire tout à coup. J'ai une idée!

Elle file vers la cuisine avant que Peanut ne puisse dire un mot.

— Nous espérons que vous avez passé une journée formidable, dit Dozer quelques minutes plus tard. Kirby, Bernie et moi, on vous a préparé une belle surprise.

Il fait un clin d'œil à Kirby, qui baisse les lumières. Puis Fuji appuie sur une touche de l'ordinateur. Un diaporama des clichés pris par Peanut pendant la journée défile sur l'écran.

Tous les chiots arrivent en courant.

— Ce chapeau te va à merveille, Fuji! s'exclame Gigi.

— Hé! Comme tu as sauté haut! dit Spike à Montana.

— Super, Spike, le truc que tu as fait! dit Kirby.

— Merci, Peanut, d'avoir immortalisé tous ces moments de plaisir, dit Fuji. Désormais, notre chasse au trésor est vraiment inoubliable!

— On a fait des beignets aux pommes pour tout le monde, annonce Dozer. Le premier est pour toi, Peanut.

— Mais ne croque pas dedans avant que je t'aie pris en photo! dit Fuji en souriant. Allez, dis... *beignet!*

Les triplés, Kirby, Dozer et Bernie,
organisent une chasse au trésor. Ils ont
caché des indices partout dans Puppyville.
Au bout de la course, une délicieuse
surprise attend les chiots, à condition qu'ils
puissent résoudre les énigmes des triplés!

Éditions
SCHOLASTIC
www.scholastic.ca/editions

7,99 $

ISBN 978-1-4431-3860-4

90000

9 781443 138604